Si c'est un homme

FichesdeLecture.com

Si c'est un homme
(Fiche de Lecture)

I. INTRODUCTION

Se questo è un uomo, de son titre français *Si c'est un homme*, est le récit de Primo Levi, écrivain et ingénieur juif italien, qui nous y raconte l'expérience atroce de sa déportation.

Le récit a été écrit entre la fin de l'année 1945 et le début de 1947, date à laquelle il est difficilement publié (les éditeurs n'en voulaient pas) et passe d'abord inaperçu.

En 1963, la publication de *La Trêve* fait connaître Primo Levi et assure une immense diffusion à son œuvre. *Si c'est un homme* reste aujourd'hui encore l'œuvre la plus marquante et la plus célèbre de ce que l'on appelle la littérature de la Shoah.

II. RÉSUMÉ DE L'ŒUVRE

Chapitres 1 et 2 : « Le voyage » et « Le fond »

Juif italien âgé de 24 ans, Primo Levi est arrêté en 1943, le 13 décembre, avec un groupe de résistants, *Giustizia e Libertà*. Il est interné à Fossoli, puis déporté à Aushwitz en février 1944, avec 650 autres Juifs italiens. Le voyage est terrible, puisque les déportés sont entassés dans des wagons. Après une première sélection au camp, il est choisi pour travailler à Buna-Monowitz, tandis que les plus faibles partent pour la chambre à gaz

Après un transfert en camion, les prisonniers sont déshabillés, rasés et lavés. On leur retire toute individualité en leur tatouant un numéro. Primo découvre le règlement du camp et le fonctionnement du travail, des privations, des groupes de prisonniers. Le camp est un univers inhumain et cruel.

Chapitres 3 et 4 : « Initiation » et « K.B »

Primo est affecté au block 30 et doit s'adapter au fonctionnement du « Lager », qui réunit des prisonniers de multiples nationalités, ce qui rend difficiles les échanges. Primo Levi perd la notion du temps. Se laver est une épreuve quasi impossible, mais pour Levi, c'est une nécessité pour conserver son humanité. Quant à la nourriture, elle est si rare que le pain est une véritable monnaie. Primo rencontre un « vieux » déporté, Steinlauf, qui lui apprend quelques règles.

Le travail est épuisant, et une blessure lui fait découvrir une infirmerie tout aussi atroce. Dans une baraque de repos, il entend parler pour la première fois des sélections, des chambres et des fours.

Chapitres 5 et 6 : « Nos nuits » et « Le travail »

Primo Levi sort du KB (le bloc soignant), et rejoint son ami Alberto au block 45. La période qui suit est terrible ; le déporté nous raconte ses nuits entrecoupées de cauchemars, la difficulté à dormir, à sortir pour uriner. Il rêve du supplice de Tantale et de nourriture inaccessible, de personnes qui ne l'entendent pas. Paradoxalement, les réveils sont tout aussi douloureux.

Primo fait équipe avec un nouveau camarade, le français Resnyk, qui l'aide énormément. L'écrivain raconte la routine planifiée d'une journée de travail « normale », et la nature de leurs tâches, comme soulever des blocs de fonte très lourds. On voit aussi le déroulement des « repas » (de la soupe).

Chapitres 7 et 8 : « Une bonne journée » et « En deçà du bien et du mal »

Malgré la fin de l'hiver, la famine se fait de plus en plus pénible. Comme l'écrit Levi, « nous sommes la faim ». Mais le soleil réduit la sensation de froid, et un vol de soupe permet aux prisonniers un peu plus de rations...

Puis Primo Levi raconte les trafics organisés au sein du camp, une usine qui n'a pas de sens, les vols divers et les échanges avec les civils qui viennent travailler avec eux. Sa conclusion est une question, puisqu'il se demande si le bien et le mal ont encore une signification.

Chapitres 9 et 10 : « Les élus et les damnés » et Examen de chimie »

Dans le chapitre 9, le narrateur s'interroge sur la nature humaine dans le camp et en général, ainsi que sur le devoir de mémoire. Il constate plusieurs choses : il y a les « élus et les damnés », comme à l'extérieur, et la question de se souvenir lui est problématique. Levi dresse plusieurs portraits types de prisonniers.

Le chapitre 10 raconte comment Levi, en raison de sa formation initiale, est appelé avec Alberto pour passer un examen en vue d'intégrer le Kommando de chimie. Il est interrogé par le docteur Pannwitz, une rencontre humiliante et incohérente, presque hors du temps et de la logique.

Chapitres 11 et 12 : « Le chant d'Ulysse » et « Les évènements de l'été »

Primo Levi rencontre Jean, un Juif alsacien que l'on appelle Pikolo en raison de son statut au camp. Alors qu'ils partent ensemble chercher la soupe, Primo aide son camarade à apprendre l'italien en lui parlant du « chant d'Ulysse », dans l'*Enfer* de Dante. Pendant un très court instant, il oublie sa présence au camp.

Le chapitre 12 se passe durant l'été de l'année 1944. Des rumeurs circulent à propos d'un débarquement en France, de l'avancée des Russes, etc. Primo rencontre un maçon italien, Lorenzo, qui devient un modèle d'humanité. Pendant des mois, il lui offre de la nourriture, un acte exceptionnel dans le camp.

Chapitres 13 et 14 : « Octobre 1944 » et Kraus »

En octobre, Levi sent que l'hiver approche, et craint les sélections à venir. Une sélection a lieu pour la chambre à gaz de Birkenau, mais il y échappe.

En novembre, le narrateur rencontre un hongrois appelé Kraus. Mais le travail est atroce en raison de la boue et du temps, et Kraus est fui par tout le monde, car son rythme de travail n'est pas adapté. Levi lui ment en lui racontant un rêve qu'il aurait fait, dans lequel ils se retrouveraient en Italie après la guerre.

Chapitres 15 et 16 : « Die drei Leute vom Labor » et « Le dernier »

Dans ce chapitre 15, en plein hiver 1944, Levi compte les morts, mais surtout le peu de survivants. Il a été intégré au laboratoire de chimie, ce qui allège un peu son quotidien, car il a de nouveaux vêtements, et son lieu de travail est chaud. Toutefois, ce « confort » lui laisse le temps de penser, et sa souffrance morale est terrible, amplifiée par les souvenirs qui le hantent et le regard des femmes du laboratoire.

À l'approche de Noël, les détenus assistent à la pendaison d'un déporté qui a essayé d'organiser une révolte. La résignation des prisonniers (et la sienne propre) lui fait honte et il a du mal à s'en remettre.

Chapitre 17 : « Histoire de dix jours »

Ce dernier chapitre raconte les évènements du 17 janvier 1945 au 27 janvier. Depuis le 11, Levi est à l'infirmerie suite à une épidémie de scarlatine. Il rencontre Charles et Arthur, alors que les Russes approchent…

Le camp est évacué, mais les malades les plus faibles ne partent pas dans le convoi (les « marches de la mort »). Commencent alors dix jours terribles, car l'état sanitaire du camp se dégrade encore plus, la nourriture manque et les agonies sont longues, jusqu'à l'arrivée de l'armée russe dans le camp, le 27 janvier.

III. PORTRAITS DE QUELQUES PERSONNES/ PERSONNAGES

Lorenzo

L'homme qui rappelle à Levi que la bonté humaine existe. Lorenzo va donner de la nourriture à Primo pendant des mois. Il l'aide aussi à envoyer des lettres, car il est ouvrier civil dans le camp.

Elias

Elias est fou, voleur et très robuste. Son inconscience et son manque de morale font qu'il s'adapte bien pour survivre au camp.

Pikolo

De son nom Jean Samuel, le Pikolo a 24 ans et s'occupe de plusieurs tâches. Il cherche à protéger les détenus au maximum, et se lie à Primo Levi, qui essaie de lui apprendre l'Italien.

Resnyk

Le français Maurice aide régulièrement Levi, notamment pour lui enseigner le fonctionnement du camp. Il s'efforce de tout bien faire, de son travail au rangement de sa couchette.

Pannwitz

Le docteur Pannwitz incarne l'inhumanité dans ce qu'elle a de plus animal. Il fait passer un examen à Primo et le regarde comme un parasite : « son regard ne fut pas celui d'un homme à un autre homme ».

Henri/ Paul Steinberg

Le jeune Henri est brillant et très cultivé (c'est d'ailleurs sa parfaite maîtrise de l'allemand qui lui vaut en partie de ne pas être gazé en arrivant, car il était blessé), mais il s'est totalement blindé émotionnellement pour survivre au camp. Il perd la notion d'humanité lorsqu'il regarde les détenus, car ses camarades sont, comme le reste, des objets susceptibles d'être exploités pour s'en sortir. Dans la réalité, Henri va réagir au livre de Primo Levi : « J'étais probablement cet être obnubilé par l'idée de survivre. », et il ajoute... « Est-on tellement coupable de survivre ? »

Charles Conreau

Résistant déporté, il a une trentaine d'années et est instituteur ; il survit à la fin de la Buna durant les 10 derniers jours du camp, en compagnie de Primo Levi.

Alberto Dallavolta

Alberto est un proche ami de Primo Levi. Lui aussi est ingénieur italien, et ils partagent le même block après la mutation de Primo Levi. Interné en même temps que son père (tué en 44), Alberto ne survivra pas à la marche d'évacuation.

Steinlauf

Ce déporté est un personnage secondaire, mais fondamental dans la mesure où il rappelle au narrateur qu'il ne faut pas devenir un animal, mais bien se battre pour rester humain, à travers la toilette, etc.

IV. PERSPECTIVES DE LECTURE

L'apprentissage d'un camp

Primo Levi a observé méticuleusement le camp et son organisation, et nous en fait un compte-rendu personnel, chapitre après chapitre.

Nous apprenons de nombreuses choses, parmi lesquelles on peut citer :
- la présence d'une hiérarchie, avec plusieurs strates entre groupes humains, mais aussi entre les différents sites. Il y a plusieurs couleurs de triangles selon la raison de déportation ; on trouve aussi des différences selon les rôles : SS, Kapos, Meisters, Vorarbeiters, Scheissminister (qui comme son nom l'indique en allemand, est le préposé aux latrines).
- tous les déportés ne sont pas égaux : comme l'un des chapitres l'indique, il y a les élus et les damnés, à savoir ceux qui pourront s'en sortir car ils ont quelques privilèges, et ceux qui n'échapperont pas à la machine de broyage qu'est le camp, par une sélection ou par mort d'épuisement, de froid, au travail. Birkenau est la condamnation ultime de cette différence : y partir, c'est être un damné condamné à la chambre à gaz.
- la survie est très dure au Lager (le camp). Levi distingue plusieurs manières de s'en sortir ou de gérer le quotidien, et a recours à plusieurs portraits de déportés pour illustrer ses propos. Il y a ceux qui trafiquent, volent,

échangent, ceux qui se montrent insensibles, ceux qui restent humains, ceux qui font preuve de bonté, ceux qui deviennent ou sont déjà fous, et une poignée de révoltés (qui finissent à la potence).
-   dans ce contexte, la survie dépend de petits détails : qui arrivera le dernier à la soupe, pour avoir le fond plus épais ? Qui oubliera ses vêtements ?
-   le climat et les saisons jouent un rôle très important : l'hiver est particulièrement redouté, car il rend le travail dans le froid et la boue, ainsi que les nuits en baraquement intenables.

Humanité et perte d'humanité

Le système nazi, dans le camp, vise à effacer toute trace d'individualité et d'humanité chez les prisonniers qui arrivent. Cela commence par un marquage physique (le tatouage et le numéro), un « nettoyage » avec la tondue, le dénuement, etc. Puis c'est jour après jour que le processus de déshumanisation est mis en œuvre : par l'affaiblissement, la faim et le froid qui poussent à des conduites extrêmes ou tout simplement similaires à des robots, par l'oubli de gestes humains quotidiens. C'est pour cette raison que s'obliger à se laver est un épisode crucial dans l'œuvre.

La coupure du monde humain passe aussi par la perte de la notion du temps, un phénomène qui est souvent rappelé par Primo Levi. S'il n'y avait pas la routine de la journée de travail, il serait très difficile de se repérer pour les prisonniers. La monotonie et la fatigue font que le temps paraît interminable et flou.

Comment garder son humanité, finalement ? Nous l'avons dit, Primo Levi conserve des rituels. Mais surtout, on remarque que ceux qui restent « humains » dans leur tête le font par des actes de bonté qui frôlent le sacrifice (comme Lorenzo), ou en entretenant des liens d'amitié très forts (avec Alberto, ou encore la complicité avec Jean le Pikolo).

L'écriture d'Auschwitz par Levi

La question est délicate : comment dire l'indicible ? Comment écrire l'horreur des camps ? Primo Levi s'est appuyé sur sa formation d'ingénieur et sur ses dons littéraires pour proposer une écriture à la fois scientifique, tel un observateur attentif et méticuleux, mêlée à des réflexions plus personnelles, philosophiques, humaines, et à la transmission d'un ressenti souvent atroce.

Les références littéraires sont très présentes, notamment celles faites sur Dante et son *Enfer*. Mais l'écrivain s'est efforcé de ne pas trop orner son texte, de le dépouiller stylistiquement pour rendre ses impressions et pensées de la manière la plus proche de la réalité possible. Il a mêlé (et c'était presque une revendication) les genres poétiques, narratifs et argumentatifs. Primo Levi a un style particulier, nu mais très rythmé : il alterne longues phrases et interventions plus brèves, haletantes, qui traduisent un affolement ou une peur par exemple.

Mais quel est le sens de cette écriture d'Auschwitz, peut-on vraiment raconter ce qu'il a vécu ? Car le langage a ses limites face à ce traumatisme, des limites dont Primo Levi est bien conscient. Il précisera d'ailleurs, pour montrer qu'il s'agit d'un témoignage au niveau de sa propre expérience : « *Je me suis limité à rapporter les faits dont j'avais une expérience directe, excluant ceux dont je n'ai eu connaissance que plus tard [...] Vous remarquerez que je n'ai pas cité les chiffres du massacre d'Auschwitz, pas plus que je n'ai décrit les mécanismes des chambres à gaz et des fours crématoires.* » On voit en fait que l'écriture est à la fois mémoire, thérapie, et sur bien des plans un récit historique, même si ce n'est pas son essence complète.

Le poème publié en exergue

Il est très important pour l'écrivain et la compréhension de ce qu'il a essayé de nous transmettre, c'est pourquoi nous le restituons dans cette fiche :

« Vous qui vivez en toute quiétude
Bien au chaud dans vos maisons,
Vous qui trouvez le soir en rentrant
La table mise et des visages amis,
Considérez si c'est un homme
Que celui qui peine dans la boue,
Qui ne connaît pas de repos,
Qui se bat pour un quignon de pain,
Qui meurt pour un oui ou pour un non.
Considérez si c'est une femme
Que celle qui a perdu son nom et ses cheveux

Et jusqu'à la force de se souvenir,
Les yeux vides et le sein froid
Comme une grenouille en hiver.
N'oubliez pas que cela fut,
Non, ne l'oubliez pas :
Gravez ces mots dans votre cœur,
Pensez-y chez vous, dans la rue,
En vous couchant, en vous levant ;
Répétez-les à vos enfants,
Ou que votre maison s'écroule,
Que la maladie vous accable,
Que vos enfants se détournent de vous. »
Primo Levi.

Dans la même collection en numérique

Escadrille 80

Inconnu à cette adresse

La controverse de Valladolid

Les Vilains petits canards

Une partie de campagne

Cahier d'un retour au pays natal

Dora Bruder

L'Enfant et la rivière

Moderato Cantabile

Alice au pays des merveilles

Le faucon déniché

Une vie

Chronique des Indiens Guayaki

Je voudrais que quelqu'un m'attende quelque part

La nuit de Valognes

Œdipe

Disparition Programmée

Education européenne

L'auberge rouge

L'Illiade

Le voyage de Monsieur Perrichon

Lucrèce Borgia

Paul et Virginie

Ursule Mirouët

Discours sur les fondements de l'inégalité

L'adversaire

La petite Fadette

La prochaine fois

Le blé en herbe

Le Mystère de la Chambre Jaune

Les Hauts des Hurlevent

Les perses

Mondo et autres histoires

Vingt mille lieues sous les mers

99 francs

Arria Marcella

Chante Luna

Emile, ou de l'éducation

Histoires extraordinaires

L'homme invisible

La bibliothécaire

La cicatrice

La croix des pauvres

La fille du capitaine

Le Crime de l'Orient-Express

Le Faucon malté

Le hussard sur le toit

Le Livre dont vous êtes la victime

Les cinq écus de Bretagne

No pasarán, le jeu

Quand j'avais cinq ans je m'ai tué

Si tu veux être mon amie

Tristan et Iseult

Une bouteille dans la mer de Gaza

Cent ans de solitude

Contes à l'envers

Contes et nouvelles en vers

Dalva

Jean de Florette

L'homme qui voulait être heureux

L'île mystérieuse

La Dame aux camélias

La petite sirène

La planète des singes

La Religieuse

1984 A l'Ouest rien de nouveau

Aliocha

Andromaque

Au bonheur des dames

Bel ami

Bérénice

Caligula

Cannibale

Carmen

Chronique d'une mort annoncée

Contes des frères Grimm

Cyrano de Bergerac

Des souris et des hommes

Deux ans de vacances

Dom Juan

Electre

En attendant Godot

Enfance

Eugénie Grandet

Fahrenheit 451

Fin de partie

Frankenstein

Gargantua

Germinal

Hamlet

Horace

Huis Clos

Jacques le fataliste

Jane Eyre

Knock

L'homme qui rit

La Bête humaine

La Cantatrice Chauve

La chartreuse de Parme

La cousine Bette

La Curée

La Farce de Maitre Pathelin

La ferme des animaux

La guerre de Troie n'aura pas lieu

La leçon

La Machine Infernale

La métamorphose

La mort du roi Tsongor

La nuit des temps

La nuit du renard

La Parure

La peau de chagrin
La Petite Fille de Monsieur Linh
La Photo qui tue
La Plage d'Ostende
La princesse de Clèves
La promesse de l'aube
La Vénus d'Ille
La vie devant soi
L'alchimiste
L'Amant
L'Ami retrouvé
L'appel de la forêt
L'assassin habite au 21
L'assommoir
L'attentat
L'attrape-coeurs
Le Bal
Le Barbier de Séville
Le Bourgeois Gentilhomme
Le Capitaine Fracasse
Le chat noir
Le chien des Baskerville
Le Cid
Le Colonel Chabert
Le Comte de Monte-Cristo
Le dernier jour d'un condamné
Le diable au corps
Le Grand Meaulnes
Le Grand Troupeau
Le Horla
Le jeu de l'amour et du hasard
Le Joueur d'échecs
Le Lion
Le liseur
Le malade imaginaire
Le Mariage de Figaro
Le meilleur des mondes

Le Monde comme il va

Le Parfum

Le Passeur

Le Petit Prince

Le pianiste

Le Prince

Le Roman de la momie

Le Roman de Renart

Le Rouge et le Noir

Le Soleil des Scortas

Le Tartuffe

Le vieux qui lisait des romans d'amour

L'Ecole des Femmes

L'Ecume Des Jours

Les Bonnes

Les Caprices de Marianne

Les cerfs-volants de Kaboul

Les contes de la Bécasse

Les dix petits nègres

Les femmes savantes

Les fourberies de Scapin

Les Justes

Les Lettres Persanes

Les liaisons dangereuses

Les Métamorphoses

Les Mouches

Les Trois mousquetaires

L'étrange cas du Dr Jekyll et de Mr Hyde

L'Ile Au Trésor

L'île des esclaves

L'illusion comique

L'Ingénu

L'Odyssée

L'Ombre du vent

Lorenzaccio

Madame Bovary

Manon Lescaut

Micromégas

Mon ami Frédéric

Mon bel oranger

Nana

Ne tirez pas sur l'oiseau moqueur

Notre-Dame de Paris

Oliver twist

On ne badine pas avec l'amour

Oscar et la dame rose

Pantagruel

Le Misanthrope

Perceval ou le conte du Graal

Phèdre

Ravage

Roméo et Juliette

Ruy Blas

Sa Majesté des Mouches

Si c'est un homme

Stupeur et tremblements

Supplément au voyage de Bougainville

Tanguy

Thérèse Desqueyroux

Thérèse Raquin

Ubu Roi

Un Barrage contre le Pacifique

Un long dimanche de fiançailles

Un secret

Vendredi ou la vie sauvage

Vipère au poing

Voyage au bout de la nuit

Voyage au centre de la terre

Yvain ou le Chevalier au lion

Zadig

À propos de la collection

La série FichesdeLecture.com offre des contenus éducatifs aux étudiants et aux professeurs tels que : des résumés, des analyses littéraires, des questionnaires et des commentaires sur la littérature moderne et classique. Nos documents sont prévus comme des compléments à la lecture des oeuvres originales et aide les étudiants à comprendre la littérature.

Fondé en 2001, notre site FichesdeLectures.com s'est développé très rapidement et propose désormais plus de 2500 documents directement téléchargeables en ligne, devenant ainsi le premier site d'analyses littéraires en ligne de langue française.

FichesdeLecture est partenaire du Ministère de l'Education du Luxembourg depuis 2009.

Plus d'informations sur www.fichesdelecture.com

ISBN: 978-2-511-02779-0

Notes :